別忘了你的暴龍！

真的很重要

德克斯特

琳賽·華德
LINDSAY WARD

文／圖

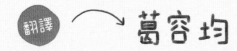

翻譯　葛容均

給傑克森

文、圖／琳賽・華德 譯／葛容均 副主編／胡琇雅 美術編輯／蘇怡方
董事長／趙政岷 第五編輯部總監／梁芳春
出版者／時報文化出版企業股份有限公司
　　　　108019台北市和平西路三段240號七樓
發行專線／(02) 2306-6842
讀者服務專線／0800-231-705、(02) 2304-7103
讀者服務傳真／(02) 2304-6858
郵撥／1934-4724時報文化出版公司
信箱／10899臺北華江橋郵局第99信箱
統一編號／01405937
copyright © 2020 by China Times Publishing Company
時報悅讀網／www.readingtimes.com.tw
法律顧問／理律法律事務所 陳長文律師、李念祖律師
Printed in Taiwan
初版一刷／2020年 3 月 13日

DON'T FORGET DEXTER!
Text and illustrations copyright © 2018 by Lindsay Ward
First published by Two Lions, New York
This edition is made possible under a license arrangement originating with Amazon
Publishing, www.apub.com, in collaboration with The Grayhawk Agency.
Complex Chinese edition copyright © 2020 by China Times Publishing Company

有人在嗎？

噢，嗨！ 我是德克斯特。德克斯特‧丁‧暴龍。你能夠幫我嗎？

我在找我最好的朋友，傑克。

我們是為了一個檢查一起到這裡的。

我們正在著色，然後我抬頭一看，然後……

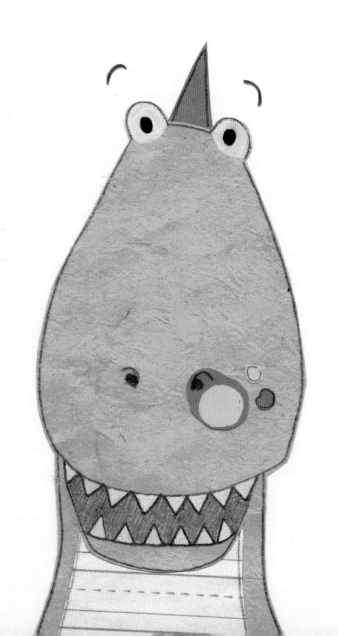

……傑克不見了。

真的過了好久。

就像永遠那麼久。

或許你有看到他？

我知道了！

我畫張圖給你看。

你~怎~麼~會~不~記~得~他~？！

他~剛~才~就~在~這~兒~！

對~不~起~。我~不~是~故~意~要~大~吼~的~。

拜~託~別~走~！

嘿！你覺得這像伙有瞧見他嗎？

抱歉，打擾一下。哈囉，魚失生。
您見過我最好的朋友傑克嗎？

我ㄨㄛˇ知ㄓ道ㄉㄠˋ了ㄌㄜ！

我ㄨㄛˇ來ㄌㄞˊ問ㄨㄣˋ問ㄨㄣˋ上ㄕㄤˋ面ㄇㄧㄢˋ這ㄓㄜˋ位ㄨㄟˋ女ㄋㄩˇ士ㄕˋ。

我ㄨㄛˇ打ㄉㄚˇ賭ㄉㄨˇ她ㄊㄚ一ㄧˊ定ㄉㄧㄥˋ知ㄓ道ㄉㄠˋ傑ㄐㄧㄝˊ克ㄎㄜˋ在ㄗㄞˋ哪ㄋㄚˇ兒ㄦ。

哈ㄏㄚˇ囉ㄌㄛ，這ㄓㄜˋ位ㄨㄟˋ女ㄋㄩˇ士ㄕˋ，您ㄋㄧㄣˊ能ㄋㄥˊ幫ㄅㄤ我ㄨㄛˇ嗎ㄇㄚˇ？

我知道了！我來唱我們的歌，傑克聽到就能找到我。

恐龍德克斯特，
咚咚踩過
大沼澤。
恐龍德克斯特，
砰，砰，
砰！

他隨時會出現⋯⋯

嗯。他可能找不到我？

我知道了！

我得唱得再大聲點……

恐龍德克斯特，
咚咚踩過大沼澤。
恐龍德克斯特，
砰，砰，
砰！

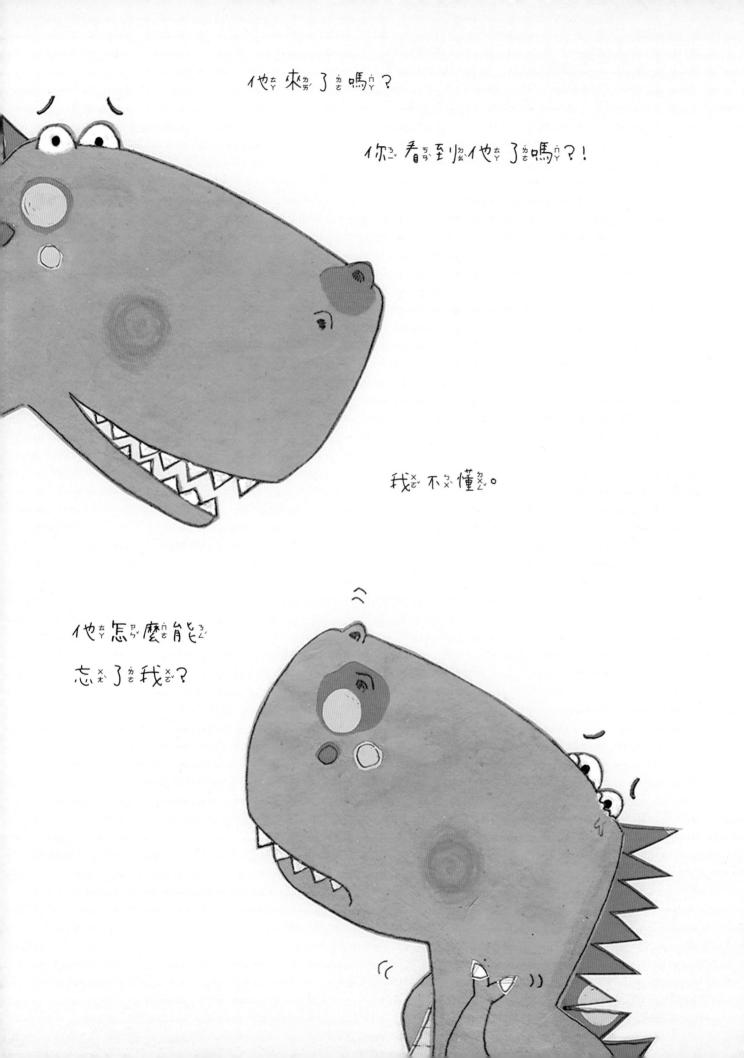

我唱了我們的歌！

為什麼他還不回來？

嗄，不！難道他把我留在這裡……

是故意的？

不會的。這不會發生在我身上。

我是德克斯特·丁·暴龍。

史上最剽悍、最強大、

最酷的恐龍。

永遠都是!

對吧?

我是說,看看我的尾巴。

看到它

怎麼能

喇喇了嗎?

喇喇
擊碎!

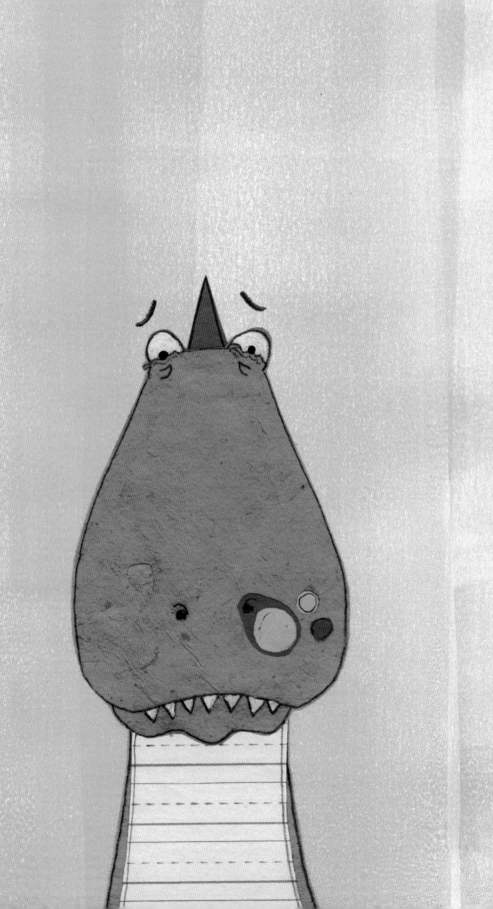

你說什麼？

也許他更喜歡別的東西？

比喜歡我還要喜歡？

像是另一種玩具？

嗄，不會吧。

你該不會以為是……

不要啊！

什麼都可以，只要不是……

汽(ㄑㄧˋ)車(ㄔㄜ)和(ㄏㄜˋ)卡(ㄎㄚˇ)車(ㄔㄜ)，

那(ㄋㄚˋ)些(ㄒㄧㄝ)

會(ㄏㄨㄟˋ)跑(ㄆㄠˇ)的(ㄉㄜ˙)

交(ㄐㄧㄠ)通(ㄊㄨㄥ)工(ㄍㄨㄥ)具(ㄐㄩˋ)。

我比不過那些玩意兒！

我不會叫叫。

我不會嗶嗶。

沒有響笛！

沒有閃光燈！

沒有引擎。

沒有電池！不缺少！

沒有輪胎！

我甚至不會發出酷炫的轉輪聲！

等等，你剛才說什麼？

你認為恐龍們

才棒？

甚至比卡車們還要棒？

真的嗎？

我也是。

我知道了！

你先在這裡等喔。

呃呃呃⋯

不會再有咚咚、不會再有砰砰。

不會再有歌唱，我愛唱歌。

不會再有
遊戲時間。

不會再有
洗澡時光。

不會再有
睡前抱抱。

不會再有傑克。

他ㄊㄚ真ㄓㄣ的ㄉㄜ永ㄩㄥ遠ㄩㄢ

永ㄩㄥ遠ㄩㄢ

永ㄩㄥ遠ㄩㄢ

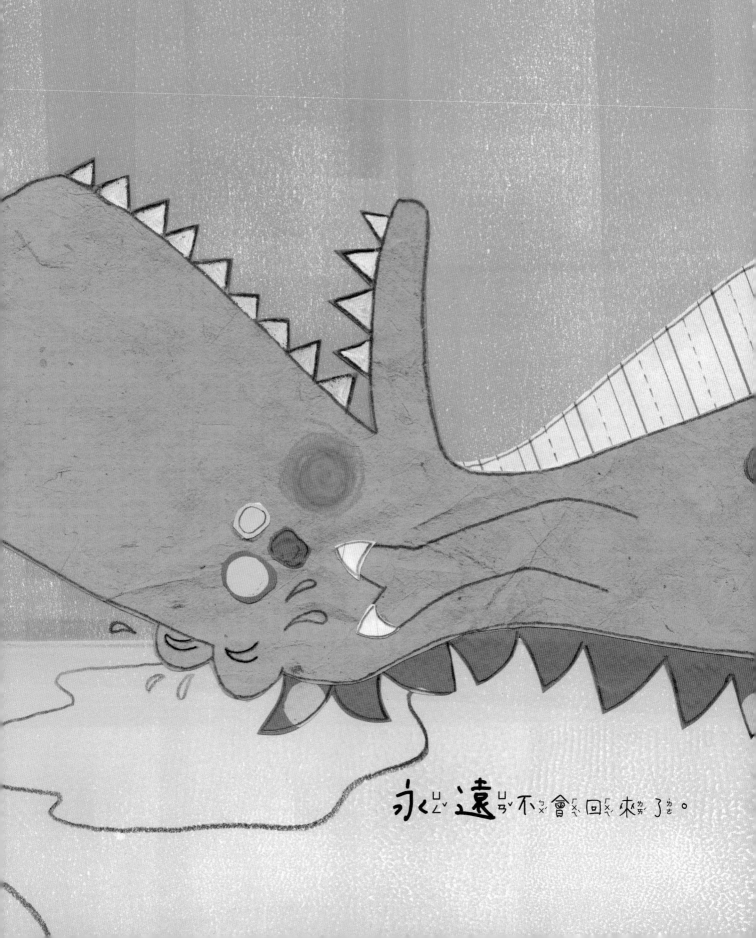

永ㄩㄥˇ遠ㄩㄢˇ不ㄅㄨˋ會ㄏㄨㄟˋ回ㄏㄨㄟˊ來ㄌㄞˊ了ㄌㄜ。

他ㄊㄚ回ㄏㄨㄟˊ來ㄌㄞˊ了ㄌㄜ ！

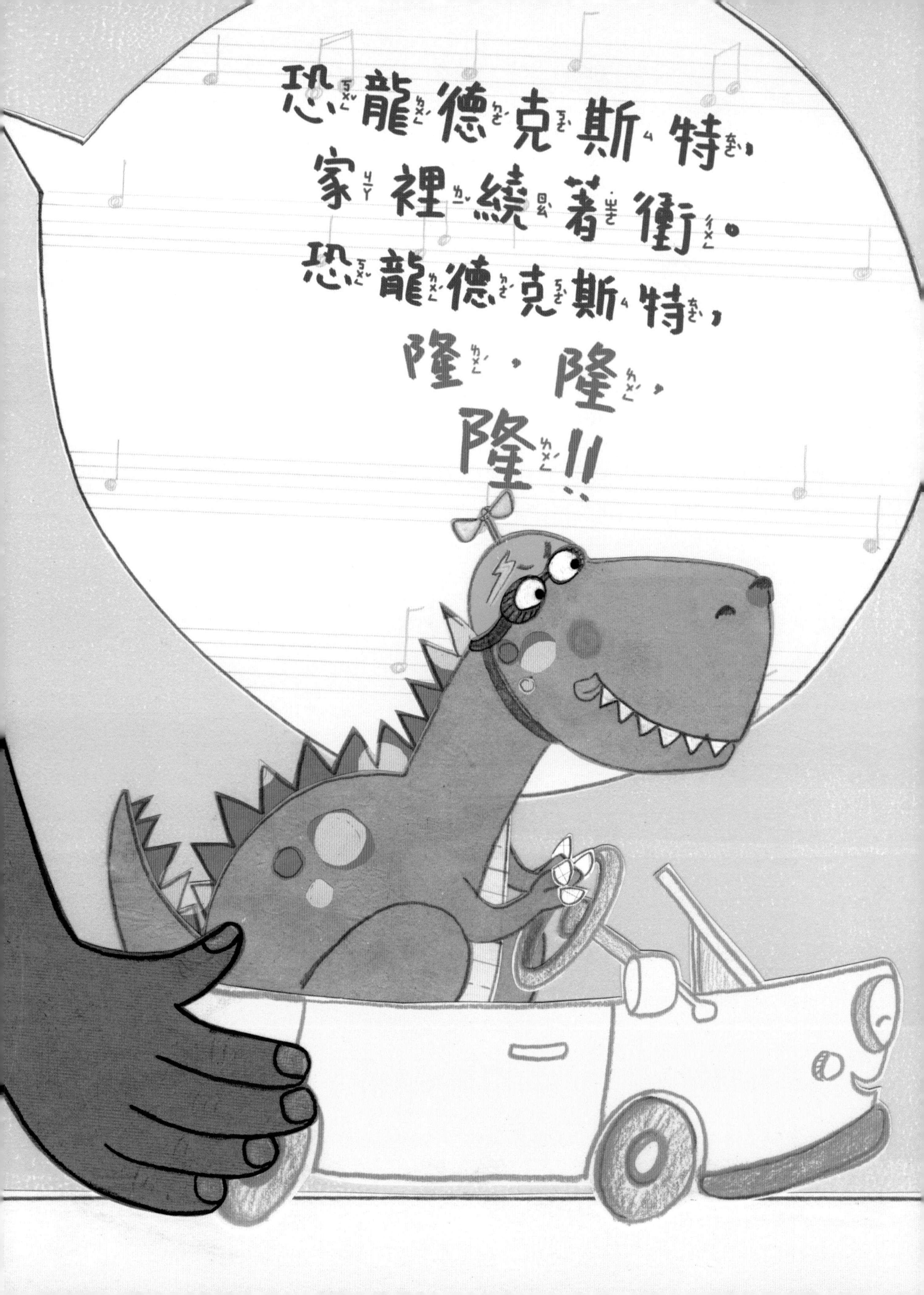
恐龍德克斯特，
家裡繞著衝。
恐龍德克斯特，
隆，隆，
隆!!